AF299798

NOTES ÉTYMOLOGIQUES

PAR

VICTOR HENRY.

(Extrait des *Mémoires de la Société de linguistique*, t. VI, 2ᵉ fascicule.)

PARIS.

IMPRIMERIE NATIONALE.

M DCCC LXXXVI.

NOTES ÉTYMOLOGIQUES.

1. *Sē, sĕd.*

Si, comme on l'admet généralement, la conjonction *sĕd* est le même mot que le pronom *sē*[1], il faut reconnaître que cette identification se heurte à de sérieuses objections phonétiques, que je ne me souviens pas d'avoir vues jusqu'à présent relevées. Il n'y a pas en effet de forme latine primitive d'où puissent provenir à la fois *sē* et *sĕd* : si l'on part d'un type commun **sĕd*, on n'explique, ni l'allongement de *sē*, ni à plus forte raison la chute du *d* final, qui ne peut tomber qu'après voyelle longue (cf. *quŏd*, *istŭd*, *apŭd*, etc.); que si, au contraire, on pose **sēd* au début, on explique bien *sē*, mais le maintien du *d* et, par suite, l'abréviation dans *sĕd* deviennent impossibles.

La ressource d'un doublet syntactique fait également défaut. Sans doute, on peut supposer que le *d* s'est maintenu dans des locutions telles que **sēd enim;* mais on n'écarte pas ainsi la longue, et l'on perd, si je ne me trompe, le droit de soutenir qu'elle s'est abrégée en vertu de la règle qui exige l'abréviation de toute finale en dentale (cf. *amăt* = **amāt*); car précisément ici le *d* n'est plus final, puisqu'il s'appuie contre une voyelle initiale, qui le soutient et le préserve d'une chute autrement inévitable. Reste une dernière chance d'explication : la locution **sēd enim* a fait maintenir le *d* dans les locutions **sēd uos*, **sĕt contra*, où il devait disparaître, et à son tour l'abréviation devant dentale finale, nécessaire dans *sĕd uos*, *sĕt contra*, s'est étendue analogiquement à *sĕdenim*. On conviendra que l'expédient est à peu près désespéré.

Sē et *sĕd* étant donc inconciliables, il y a, ce semble, lieu de les séparer et d'aborder une voie de conciliation indirecte. Pourquoi ne pas partir d'un double type originaire? Rien absolument ne s'y oppose, puisqu'au témoignage de la grammaire comparée l'un est aussi légitime que l'autre. Le latin a pu hériter, dans le domaine des pronoms personnels, d'un accusatif à voyelle longue, *mē* = véd. *mā*, et d'un ablatif à voyelle brève, **mĕd* = skr. *mat* = gr. (accus.) με. L'ablatif du pronom réfléchi, **sĕd*, signifiait naturellement «à part soi» : de là son emploi dans les locutions **sĕd*

[1] Bücheler-Havet, *Décl. lat.*, n° 259; Bréal-Bailly, *Dict. étym. lat.*, v° *sed.*

fraude « fraude mise à part », *sĕd cedere* « se retirer à l'écart », etc.
De là, par extension, la fonction qu'on lui a assignée de « mettre
à part » toute une proposition, autrement dit l'acception conjonc-
tive de *sĕd* avec le sens de « mais ».

Sur ces entrefaites, l'influence de l'accusatif *mē*, *tē*, *sē*, fit allon-
ger la voyelle de **mĕd*, **tĕd*, **sĕd*. Pourquoi ? C'est ce qu'il n'est
pas très aisé de définir clairement. Mais ce processus est au moins
aussi concevable et plus vraisemblable que l'analogie inverse,
posée par Schleicher, qui restitue un accusatif **mĕ* et un ablatif
mēd [1]; car, d'abord, toutes les langues indo-européennes pro-
testent contre cette dernière forme, et, d'ailleurs, en l'admet-
tant, on ne verrait pas pourquoi elle aurait dû agir par analogie
sur l'accus. **mĕ*, tandis qu'on s'explique assez bien comment les
Latins, habitués à voir partout le *d* final de l'ablatif précédé d'une
voyelle longue (*equōd*, *terrād*, *marīd*), ont été amenés à introduire
aussi dans le bizarre ablatif **mĕd* la longue que leur fournissait
l'accusatif *mē*.

Ainsi **sĕd* est devenu facilement *sĕd* dans la déclinaison du
pronom réfléchi. Il l'est devenu aussi, nécessairement, dans les locutions adverbiales ou prépositives où le sens du pronom vivait
encore; car dans les locutions *sē-cedere*, *sē fraude*, la conscience
du sujet parlant percevait encore nettement l'acception primitive
« à part soi, à part ». Mais elle ne la percevait plus dans la conjonction *sĕd*, rameau trop bien détaché du tronc pour éprouver
le contre-coup des affections qui l'atteignaient. En conséquence
la conjonction échappa à la contamination, et *sĕd* nous représente
le véritable ablatif; *sēd*, puis *sē*, l'ablatif corrompu par le voisi-
nage d'un autre cas avec lequel il forme système.

Si, dans cette hypothèse, *sĭne* doit être rapporté à **sē-ne* ou à
**sĕd-ne*, c'est ce que je ne me crois pas en mesure de décider. De
toutes façons ce mot me paraît encore assez énigmatique.

J'encourrais le reproche de légèreté, si je ne faisais observer
que la restitution d'un accusatif primitif *mē* est formellement
contredite par le grec. Mais le grec à lui seul peut-il prévaloir
contre le témoignage du védique, du zend et du latin combinés ?
Il est infiniment plus probable que le grec a hérité, comme le
latin, d'un accusatif **μη* et d'un ablatif **μεδ*, et que ces deux cas
se sont confondus, à la faveur de leur quasi-similitude, après la
chute régulière de la dentale finale de l'ablatif [2]. Maintenant pourquoi est-ce ici le vocalisme bref qui a triomphé ? Je l'ignore ;
mais je ne puis m'empêcher de faire remarquer que, de même
que le latin avait toujours une longue devant la dentale de son

---

[1] *Compend.*[4], p. 628 et 632.
[2] Cf. G. Meyer, *Griech. Gramm.*, § 412 anm.

ablatif, ainsi le grec avait toujours, dans les thèmes consonnantiques, une voyelle brève à la finale de son accusatif. Bref l'ă de ϖατέρα a pu favoriser l'ε de με substitué à *μη. L'éléen, dont l'accusatif probable est μα (μα ϖόεσϝ epigr.), n'avait peut-être fait autre chose que pousser jusqu'au bout l'assimilation [1].

2. Ἡμέτερος, ὑμέτερος.

Le suffixe *-tero-* a pour objet de marquer une comparaison ou une opposition entre deux termes corrélatifs, et l'on sait qu'il se restreint très strictement à cette fonction dans les langues qui l'ont conservé : c'est pourquoi l'on peut s'étonner de le voir employé dans la série des possessifs grecs, ἡμέτερος, ὑμέτερος, σϕέτερος, qui se compose de trois termes et où en conséquence l'usage du suffixe *-τατο-* semblerait infiniment mieux justifié.

Il faut remarquer que la question ne se pose même pas pour le latin, où les deux termes opposés *noster* et *uester* sont seuls de leur espèce. Le latin n'a pas au pluriel de possessif de 3e personne ; à proprement parler, il n'en a même pas au singulier, puisqu'il a rigoureusement maintenu les types *sē* et *suus* dans leur fonction réfléchie, en les restreignant toutefois à la 3e personne.

Or tel était aussi, à n'en pas douter, l'état primitif du langage hellénique, puisqu'il y a des traces incontestables de l'emploi de ἑός comme réfléchi de 1re et 2e personnes [2], et que le thème σϕέ-, quelle qu'en soit d'ailleurs la provenance [3], était originairement tout à fait étranger à la déclinaison pronominale. C'est donc à une époque antérieure à son intrusion que remonte la création des deux termes ἀμμέτερος, ὑμμέτερος. Lorsqu'à son tour il a pris place dans la série, on en a tiré un possessif au moyen de l'affixe qui convenait bien à ses deux devanciers, mais qui, en s'étendant à σϕέτερος, devenait une anomalie.

3. Τιθαιϭώσσω, *faber*, *tapfer*, *dobrŭ*.

Si l'identification que je propose est le moins du monde soutenable, elle offre le double avantage de réunir sous un seul chef plusieurs mots jusqu'à présent isolés et obscurs, bien que pour la plupart fort usuels, et de fournir un exemple de la concordance toute théorique goth. *p* = ind.-eur. *b*.

On sait que le suffixe *-ró-* exige le degré réduit de la racine

---

[1] Toutefois le fait est plus vraisemblablement d'ordre phonétique. Cf. Brugmann, *Grundriss*, § 64.

[2] Cf. G. Meyer, *Griech. Gramm.*, § 425.

[3] *K. Z.*, xxviii, p. 140.

qu'il affecte : ainsi une racine qui aurait au degré réduit la forme *dhăb* « facere, operari », donnerait par ce procédé le thème nominal **dhăb-ró-*, auquel correspondent sans difficulté le latin *faber* et le slave *dobrŭ*. La transition du sens d'« ouvrier » (restreint en latin) au sens plus général d'« habile, adroit », et de celui-ci au sens de « bon », ne me paraît pas de nature à surprendre l'étymologiste. Au surplus, c'est encore essentiellement le sens de « leste, adroit, fort, courageux » qu'on retrouve dans les formes germaniques, angl. *daper* (aujourd'hui *dapper*), néerl. *dapper*, vx. ht. allem. *taphar*, ht. all. moy. et mod. *tapfer*, qui tous se ramènent à un gothique **daprs*, équivalent exact du latin **făbros* ou du grec **θαϐρός*.

Ce dernier type n'existe pas. Mais le suffixe *-ió-*, lui aussi, exige la réduction de la racine, et il a pu former avec réduplication le thème **τι-θαϐ-ιό-*, d'où **τιθαιϐό-* « ouvrier »[1]. De celui-ci serait issu le causatif **τιθαιϐόω* « rendre ouvrier, faire travailler », dont le verbal **τιθαιϐωτός* « qu'on fait travailler » aurait enfin servi de base au verbe neutre *τιθαιϐώσσω* « travailler » :

> . . . . *ἔνθα δ' ἔπειτα τιθαιϐώσσουσι μέλισσαι* (*Odyss.*, *v*, 106).

Que si cette généalogie paraît imaginaire, il suffit, pour la légitimer, de la comparer à la série conservée *τυφλός τυφλόω τυφλωτός τυφλώσσω*. Il est à remarquer en effet que, dans l'unique vers d'Homère où il se rencontre, *τιθαιϐώσσω* est un verbe neutre de même nature que *τυφλώσσω*. Si Hésychius le glose par des verbes actifs, c'est que, malgré ce caractère, il a le sens actif d'*ἐργάζεσθαι*. Encore le sens de *τρέφειν*, qui lui est également attribué, me semble-t-il plus que douteux : *τιθαιϐώσσω* ne le doit sans doute qu'à l'étymologie populaire, qui l'a rapproché de *τίτθη*, ou à la dérivation plus savante, mais non moins fantaisiste, qui l'a analysé en *τιθέναι τὴν βόσιν*.

Revenons à *făber*. Évidemment, si l'on tient à le couper **fă-brŏ* et à y reconnaître le suffixe exclusivement latin *-brŏ-*, tout notre édifice s'écroule par la base ; mais il n'y a aucune raison décisive en faveur de cette dernière hypothèse. D'autre part, M. Bréal[2] rattache *fă-b-er* à *fă-c-io* : ils dériveraient dès lors, avec deux exposants consonnantiques différents, d'une racine plus simple dont la forme réduite serait lat. *fă* = ind.-eur. *dhă*. Or M. Brugmann, à la suite de M. de Saussure, enseigne[3] que les racines qui ont *ē* au degré normal se réduisent en *ă*, e. g. *sē-men să-tus*,

---

[1] Je n'ignore pas que l'épenthèse du *ι* est, en pareils cas, fortement contestée ; mais, si les conditions du phénomène sont mal éclaircies, est-on pour cela autorisé à tenir pour non avenues les constatations de Curtius, *Grundzüge*[5], p. 678 sq. ?

[2] *Dictionn. étym. latin*, v° *faber*.

[3] *Griech. Gramm.*, p. 28.

et que le grec a corrompu cette apophonie en introduisant dans
Θε-τός, par exemple, substitué à *Θα-τός, le vocalisme de ἔθην,
τίθημι, etc. Ainsi la racine dont l'état réduit est *dhă* pourra
devenir à l'état normal *dhē* = gr. θη, et voilà établie sur le terrain
scientifique la concordance étymologique depuis longtemps en-
trevue entre τίθημι et *făcio*. De plus on aurait dans τιθαιϐώσσω
un cas, jusqu'à présent unique ou peu s'en faut, où l'apophonie *ē* :
ă aurait été fidèlement conservée par la langue grecque, parce
que, dans ce mot depuis longtemps séparé de sa souche et complètement isolé, elle ne pouvait plus être influencée par l'analogie.

Est-ce encore à notre racine *dhăb dhēb* qu'il conviendrait de
rattacher, au degré réduit, Θάπλω, originairement au moins
« condo, conficio », qui suppose, il est vrai, une forme légère-
ment modifiée *dhăbh* (mais les racines qui commencent et
finissent par aspirée sont sujettes à ces alternances)? au degré
normal, Θήϐη· κιϐώτιον « arca, capsula », que M. Moritz Schmidt[1]
explique par un mot hébreu, et qui, coupé Θήϐ-η, serait à la
racine *dhăb* ce que Θήκ-η (même sens) est à la racine *dhăk* de
făc-io[2]? au degré normal encore, le nom propre Θῆϐαι, soit « les
ateliers », dénomination fort convenable pour les débuts d'une
cité qui fut manufacturière? que faut-il penser enfin du mysté-
rieux ἐθήϐειν, par lequel Hésychius glose τιθαιϐώσσειν et qui
aurait grand besoin d'être glosé lui-même?... Sed *sat prata
biberunt*.

4. Χαμαί.

La désinence primitive du datif singulier était-elle *-ei* ou *-ai*?
J'ai toujours penché, avec M. G. Meyer, pour la première hypothèse. Mais la seconde, soutenue par MM. Osthoff et de Saussure,
semble gagner du terrain. Elle trouve en effet un puissant appui
dans l'infinitif δόμεναι, qu'il est difficile d'expliquer autrement
que par le datif d'un thème en *-μεν-* dont δόμεν serait le locatif
sans suffixe.

En partant de cette idée, un de mes élèves me fait observer
qu'il serait plus simple aussi de voir dans χαμαί le datif du
thème *χθομ-, thème connu et étudié, que d'y chercher le locatif d'un thème féminin *χαμᾱ-, dont rien ne dé-
montre l'exis-
tence.

La nuance de sens qui sépare le datif du locatif est trop insi-
gnifiante pour empêcher cette énallage, que l'alternance des
infinitifs δόμεν et δόμεναι rend tout à fait vraisemblable. L'accen-

---

[1] Sub v° Θήϐη, *Hesychii Lexicon.*
[2] Cf. V. Henry, *Analogie dans la langue grecque*, n° 76.

tuation de χαμ-αί = *χ(θ)μμ-αί concorde bien avec la supposition d'un datif (cas fort), qui réduit le thème en attirant l'accent sur la désinence. La forme χαμᾶζε ne prouve rien en faveur d'un thème *χαμᾶ, car elle est visiblement calquée sur θύραζε, etc., et χαμᾶθεν, avec son ᾶ attique, se dénonce au premier coup d'œil comme hystérogène; quant à χαμάθεν, c'est un simple barbarisme[1]. Reste le sanscrit *kṣmā̆*, dont il ne m'appartient pas d'affaiblir le témoignage; car je préfère encore, provisoirement, m'en tenir à l'ancienne opinion, et me borne à enregistrer ici une conjecture qui n'est point dénuée de valeur, et suivant laquelle χαμαί serait le seul débris conservé de la flexion régulière *χθώμ *χ(θ)μμός, devenue χθών χθονός[2].

5. Αὐτός.

Le pronom hellénique d'identité a jusqu'à présent résisté à tous les essais qu'on a pu tenter pour en établir la filiation. Ne serait-ce point parce que l'on s'est en général obstiné à y chercher un élément pronominal équivalant à celui de οὗτος, alors pourtant que le contraste de l'accentuation d'αὐτός et d'οὗτος semble à première vue en dénoncer la formation différente?

Considérant que le suffixe -τό- des noms verbaux porte régulièrement l'accent et l'a conservé en grec, j'avais déjà conjecturé dans αὐτός[3] une racine αὐ, dont le sens m'échappait, jointe à l'affixe formatif -τό-, autrement dit une formation nominale qui n'avait passé que par analogie à la flexion des thèmes pronominaux (nom. sg. nt. αὐτό au lieu de *αὐτόν à cause de τοῦτο, etc.). Aujourd'hui je crois que notre pronom peut être considéré comme le verbal de la racine dissyllabique ἀϜε «souffler, respirer». On sait que ces sortes de thèmes exigent normalement la racine à l'état réduit, état qui se retrouve dans les types ἀϋ-τ-μή, ἀϋ-τ-μήν. Le τ de ces deux mots est embarrassant; M. Fick[4] l'explique ici et dans la glose hésychienne ἄετμα par une racine ἀϜετ, élargissement de la racine indo-européenne *awe*. Mais, quoi qu'on doive penser de cette hypothèse, on voit qu'elle n'est nullement nécessaire (bien au contraire) pour un type *ἀϋ-τό- : étant donné un verbe ἄϜη-μι, la racine qu'il contient doit apparaître réduite avec accent secondaire dans un

---

[1] Dans χθαμαλός le second α ne représente sans doute que la résonnance de ὶliquide, tout comme le premier est la résonnance de la nasale, et dans χαμηλός l'η n'a peut-être pas plus de valeur étymologique que dans κυματηρός ou θνηλή.

[2] Cf. H. Collitz, *Bezzbg. Btr.*, X, p. 54.

[3] *L'Analogie dans la langue grecque*, n° 281.

[4] *Bezzbg. Btr.*, I, p. 66.

type *ἀϜε-τό- ou *ἀϜα-τό-, et réduite avec atonie complète dans un type *ἀϋ-τό-, exactement comme la racine de ἵ-στᾱ-μι, par exemple, dans στᾰ-τό-ς d'une part, et dans στύω (=*στ-τύ-ω) de l'autre.

Écartons tout d'abord une petite difficulté phonétique. Il est certain qu'on ne lit nulle part *ἀϋτός, mais toujours αὐτός, et dès lors on peut se demander pourquoi la contraction, qui ne s'est jamais faite dans ἀϋτμή, semble au contraire dans αὐτός remonter à la période la plus lointaine de l'hellénisme. J'avoue ne pas être en mesure de répondre à cette question de manière à lever tous les doutes : peut-être l'existence de ἄημι, ἄετμα, et la liaison évidente de sens qui subsistait entre ces mots et ἀϋτμή, ont-elles contribué à maintenir la séparation des deux voyelles initiales, tandis qu'αὐτός, ayant changé de sens, était abandonné seul à ses destinées. Mais en tout cas αὐτός peut du moins invoquer un répondant dans la propre famille de la racine ἀϜε : c'est le mot αὔρᾱ, dont on ne connaît non plus que la forme contracte. Et serait-il abusif de voir dans le fameux ΑϜΥΤΟ d'une inscription ionienne (Délos) la trace d'une prononciation séparée des deux voyelles, conservée peut-être dans un sous-dialecte ionien plus réfractaire encore à la contraction que l'unité dialectale dont il faisait partie [1] ?

Le thème αὐτό- signifierait donc «soufflé» et, par suite, «haleine, vie, âme». Cela posé, il devient impossible de ne pas songer au thème sanscrit āt-mán-, qui a précisément les mêmes acceptions et dont la fonction réflexive bien connue s'est développée de fort bonne heure. De même qu'une phrase du genre de mấtmấnam ápa gūhathāḥ (Ath. Veda, IV, 20) signifie proprement «ne dissimule pas ton être», d'où «ne te cache pas» (cf. angl. thy-self), ainsi s'expliqueraient aisément αἰσχύνεις πόλιν τὴν αὐτὸς αὑτοῦ (Œd. Col., 929-30), τὸν αὐτὸς αὑτοῦ πατέρα τόνδ' ἀπήλασας (ibid., 1356), bref toutes les locutions du genre de αὐτὸς αὑτοῦ, αὐτὸς αὑτῷ, et leurs abréviations αὖς αὑτοῦ, etc., puis encore l'adjonction d'αὐτός aux pronoms personnels pour en renforcer le sens, et d'une manière générale la fonction d'identité qui échoit tout spécialement en grec à ce thème pronominal.

Bien entendu, cet essai d'explication ne vaut que pour les cas obliques du singulier, αὐτόν, αὐτοῦ, αὐτῷ, peut-être encore à la grande rigueur pour ceux du pluriel, αὐτούς, αὐτῶν, αὐτοῖσιν, αὐτοῖς, quoique le skr. ātmấ s'emploie au singulier même avec un

---

[1] Après avoir écrit ces lignes, je remarque que M. de Saussure a eu, il y a déjà fort longtemps, la même idée (Syst. primit., p. 277 i. n.), et je m'en félicite; mais mon étymologie n'a que ce point de commun avec la sienne.

sujet au pluriel. Mais du jour où, dans la conscience du sujet parlant, αὐτός eut cessé d'être un nom pour devenir un simple pronom, on eut bien vite fait de l'affubler des désinences pronominales, c'est-à-dire de le pourvoir de formes féminines et neutres et de modeler sur les cas obliques un nominatif αὐτός, αὐτή, αὐτό. Qu'on se rappelle l'accusatif singulier ἑαυτόν si étrangement pluralisé en ἑαυτούς, et surtout le barbarisme ἐμαυτός (Phérécrate) issu du régulier ἐμαυτόν. Il n'y a rien là qui puisse surprendre ni faire hésiter.

Ce qui est plus grave, c'est qu'ainsi on ne rend compte que de la fonction réflexive du pronom αὐτός, fonction assez commune sans doute, mais incomparablement plus rare que l'autre : αὐτός, en effet, se traduira la plupart du temps par « ille », et dans nombre de cas, bien loin d'appeler la fonction réflexive, il y contredit de la façon la plus formelle. « Sibi dixit » et « ei dixit » sont deux ; or « αὐτῷ εἶπε » n'a jamais que ce dernier sens : comment aurait-il pu avoir originairement le premier ? Toutefois, si l'on vient à songer que le pronom réfléchi par excellence, ἕ, οὗ, οἷ, a, dès l'époque homérique, bien plus souvent le sens de « illum », etc., que celui de « se », etc., et que c'est seulement dans la langue postérieure qu'il revient à son acception primitive, on s'étonnera moins de cette corruption fatale qui semble devoir tôt ou tard et dans toutes les langues atteindre la catégorie des pronoms réfléchis. Actuellement, en dehors des idiomes slaves, il n'y a, si je ne me trompe, pas un membre de la famille indo-européenne qui fasse un usage normal de l'adjectif possessif de 3ᵉ personne. Or cette corruption avait commencé en grec de fort bonne heure, et il est tout naturel que le pronom αὐτός n'y ait point échappé. Il semble même qu'on entrevoie la filière par laquelle il a passé pour s'amincir et se réduire au rôle modeste de pronom pur et simple de 3ᵉ personne.

[1ʳᵉ phrase (sens réflexif). — Ἀχιλλεὺς, ξίφος αὐτοῖο λαϐὼν, ἐξ αὐτοῖο σκηνῆς ἐξῆλθε...

2ᵉ phrase (sens emphatique). — L'emploi précédent d'αὐτοῖο pour désigner Achille suggère l'emploi du nominatif αὐτός pour insister sur cette désignation : αὐτὸς γὰρ Ἕκτορα κτείνειν ἐϐούλετο...

3ᵉ phrase (sens purement pronominal). — L'emploi précédent d'αὐτός en suggère l'emploi dans quelque phrase suivante, alors qu'il s'agit simplement de ne pas répéter le nom d'Achille : ἐκ σ]ρατιᾶς αὐτὸς ἐξώρμησε...

4ᵉ phrase (sens anti-réflexif). — L'emploi d'αὐτός pour représenter Achille suggère l'emploi de l'accusatif du même pronom pour désigner le même personnage : Ἕκτωρ δὲ, ὡς αὐτὸν ἔϜιδε...]

Quant au type crétois et laconien αὖς, il ne contredit en aucune façon notre hypothèse. C'est très probablement, comme l'a conjecturé M. G. Meyer[1], un simple raccourci accidentel dû à l'atonie du pronom αὐτός dans les locutions αὐτος αὐτοῦ, et similaires. La proclise, ce semble, suffit amplement à l'expliquer, et il n'est pas nécessaire pour cela de recourir à l'affection particulière signalée par M. Schuchardt[2], affection qui atteindrait de préférence les mots très usuels et leur imposerait des déviations bizarres, violentes, étrangères à toutes les formules de la phonétique soit physiologique, soit historique.

6. Οἶμαι.

Est-ce à l'influence signalée à la fin du paragraphe précédent qu'il conviendrait de rapporter l'abréviation οἶμαι = οἴομαι ? On sait en effet avec quelle fréquence revient dans le style de la conversation attique cette parenthèse de pure courtoisie qui ne fait que tempérer le ton trop tranchant d'une assertion positive. Or c'est précisément entre deux virgules qu'on trouve sans exception le dissyllabe οἶμαι ; le type plus plein οἴομαι est réservé, concurremment d'ailleurs avec son doublet, au cas où l'interlocuteur a vraiment l'intention de donner à sa phrase un tour dubitatif.

On ne saurait songer à une contraction de οἴομαι, il n'existe pas en grec de contraction pareille, ni à la chute pure et simple de l'ο, car le résidu serait *οἴμαι. Forger pour la circonstance un verbe en -μι parallèle à ὀίω serait un expédient tout aussi désespéré, surtout depuis que la découverte, faite simultanément par MM. Thurneysen et Havet[3], de l'équivalence ind.-eur. ον = lat. au, a permis de reconnaître dans *ὀϜίω un thème verbal secondaire dérivé du thème primaire *ὀϜ-ι- « oiseau », et identique comme sens et étymologie au latin au-tumo. Reste donc la ressource suprême d'un raccourcissement anormal.

Et pourtant, ici encore, il n'y a pas nécessité absolue d'abandonner les voies régulières ; car, si la phonétique rigoureuse ne peut légitimer οἶμαι, elle n'élève du moins aucune objection contre ᾤμην, qui a pu, disons même qui a dû fatalement sortir de ᾠόμην. Il n'est pas douteux que les Attiques ne prononçassent plus l'ι adscrit. Bien plus, ce son a dû s'éteindre de fort bonne heure même chez des populations grecques qui faisaient encore

<hr>

[1] *Griech. Gramm.*, § 434.
[2] *Ueber die Lautgesetze* (Berlin, 1885), p. 25.
[3] *K. Z.*, XXVIII, p. 154 sq., et *Mém. de la Soc. de ling.*, VI, p. 17 sq.

entendre le *F* intervocalique, s'il est vrai, comme le pense M. Havet, que le latin *ovum* ne soit autre que le grec ωἰϜόν naturalisé à Rome. Si l'on ne peut constater directement pareil phénomène, c'est qu'il doit arriver fort rarement, on le comprend, qu'un ῳ ou un η rencontre dans le corps d'un mot une voyelle avec laquelle il puisse entrer en contraction; mais on a du moins un exemple similaire dans le génitif λεῶ issu de *λεῶο = *λεωῖο = *ληοῖο. Quant au *F* depuis longtemps disparu, il ne s'opposait pas plus à la contraction que celui de Θεμισ⁊οκλέϜης. On voit où tend cette argumentation; οἶμαι est analogique du régulier ῴμην, et à son tour l'irrégulier non contracte ῳόμην a été refait sur l'analogie d'οἴομαι. Que si ῳόν n'est nulle part devenu *ῷν, c'est que la séparation des voyelles au nomin.-acc. plur. ῳά, où elles ne pouvaient se confondre, a facilement empêché une contraction qui d'ailleurs eût transformé ce mot en un monosyllabe à peu près méconnaissable [1].

Ce cas fort simple est en lui-même assez insignifiant; mais peut-être autorise-t-il une conclusion pratique d'une certaine importance, à savoir, qu'il ne faudrait point trop se hâter de soustraire d'ores et déjà à l'application stricte des lois phonétiques traversées par l'analogie les types qui à première vue paraissent exceptionnels, et qu'en y regardant de près on arriverait sans doute à faire rentrer dans le rang bon nombre de ces réfractaires. Ainsi, le français vulgaire *çui-là* = *celui-là*, où la disparition de l'*l* semble injustifiable, ne procéderait-il pas de l'imitation inconsciente des dissyllabes *celle-là*, *ceux-là*, où la consonne initiale est immédiatement suivie de la voyelle?

<h3 style="text-align:center">7. Ὀσϕραίνομαι.</h3>

Curtius a cherché dans ce verbe la racine ϕερ, hypothèse à peu près insoutenable, puisqu'il signifie « flairer », et non « répandre de l'odeur » [2]. Avec plus de vraisemblance, d'autres interprètes [3] y ont isolé le thème ϕρέν- « esprit », d'où « sensation, perception ». Il faut convenir en effet que le rapprochement entre ὀσϕραίνομαι et ἀϕραίνω est assez séduisant; de plus, ce verbe régit l'ablatif, à l'instar d'ἀκούω et autres, en sorte que la phrase ὀσϕραίνομαί τινος se traduira fort bien « je perçois une impression olfactive procédant de tel objet ». Mais, si l'on prend la peine

---

[1] Je rappelle en outre que M. Riemann (*Qua rei criticae tractandae ratione Hellenicon Xenophontis textus constituendus sit*, Parisiis, 1879, p. 73) propose de substituer ζώς à ζῳός d'un bout à l'autre du texte de Xénophon.

[2] *Vb²*, II, p. 14. — Ὀσϕραίνω, avec sens causatif « faire sentir », d'ailleurs à peine usité, doit être hystérogène.

[3] *Bezzbg. Btr.*, I, p. 334, et VI, p. 239.

de songer que le mot φρήν désigne originairement le diaphragme,
qu'il a gardé fort longtemps ce sens tout matériel, et qu'ὸσφραίνομαι est un composé de date fort ancienne, sinon proethnique,
on sera peu disposé à croire que le thème φρέν- ait pris dès cette
époque reculée le sens éminemment spiritualiste qui seul justi-
fierait une pareille traduction.

Quoi qu'il en soit, les étymologistes cités s'accordent à reconnaître que le premier élément du mot est le même que celui de
ὸσμή, autrement dit la racine ὸδ de ὄζω et *odor*. Il faudrait donc
faire remonter la formation d'ὸσφραίνομαι à la période linguistique où les racines subsistaient encore à l'état d'éléments isolés
susceptibles de se combiner entre eux. Dès lors, la racine qui
semble la plus voisine, comme sens et comme forme, du grec
ὸσφραίνομαι, est celle du verbe sanskrit *jíghrāti* «il flaire». La
gutturale vélaire est devenue labiale en grec devant nasale dans
ἔπεφνον : on aurait ici un exemple du même traitement devant la
vibrante. Le cas, si je ne me trompe, est extrêmement rare; je
rappelle pourtant τέφ-ρᾱ «cendre», rattaché par M. de Saussure[1]
à la racine *dhegh* «brûler», skr. *dáhati*.

Il n'y a pas d'objection à tirer de l'absence de nasale dans la
racine sanskrite; car, pour ce que nous en savons, elle pourrait
fort bien dissimuler une sonante longue; mais même -φραίνω en
présence d'une racine *ghrā* n'a rien de plus surprenant que
κραίνω dérivé d'une racine *ker*. D'ailleurs il n'y a pas non plus
de nasale dans ὸσφρέσθαι, ὄσφρησις et autres, ni dans ὄσφρᾱ
(Ach. Tat.), qui doit être, il est vrai, un nom postverbal tout à
fait hystérogène, et l'on sait que de tout temps l'analogie a joué
un rôle considérable dans la formation des verbes en -αίνω.

Le grec a dû hériter d'un thème composé *od-ghrā-*; car un
proethnique *oz-ghrā-*, d'après la loi de M. Osthoff[2], serait dès la
période indo-européenne devenu *ōghrā-*, et, quant à la demi-
assibilation de M. Brugmann[3] (Ϝοῖσθα = *woit'tha*), je ne sache
pas qu'elle soit admissible ailleurs que devant dentale. Ce serait
donc dans le domaine hellénique que le thème *ὸτ-φραίνο-* serait
devenu ὸσφραίνομαι, suivant un procès phonique d'une application nécessairement fort restreinte, mais que je vois admis sans
difficulté par M. de Saussure dans l'équivalence νόσ-φιν = *năt-
ibus*[4].

Je rappelle, en terminant, que c'est à cette même racine *ghrā*
que Benfey[5] avait depuis longtemps rattaché le verbe latin *frā-*

<hr>

[1] *Syst. primit.*, p. 110.
[2] *Zur Geschichte des Perfects im Idg.* (Strasbourg, 1885), p. 13 sq.
[3] *Griech. Gramm.*, p. 34.
[4] *Syst. primit.*, p. 179 i. n.
[5] *Or. u. Occid.*, II, p. 69.

grā-re = **ghrā-ghrā-* avec redoublement total; toutefois l'existence du substantif *frāgum* et l'extrême incertitude des lois de concordance des aspirées laissent encore planer un doute sur ce rapprochement. J'ajoute que *frāgrāre* a le sens neutre, ὀσφραίνομαι et *jíghrāti* le sens actif.

8. ESSAI DE SYSTÉMATISATION
DES DÉSINENCES EN **-BII*... DANS LA LANGUE LATINE.

La phonétique semble aujourd'hui assez avancée pour qu'on puisse tenter avec quelque succès de débrouiller le chaos des désinences casuelles en *-b...* du latin et de les apparier, autant que le permet la confusion qu'elles présentent, aux flexions corrélatives du sanskrit.

Si l'on s'en rapporte au témoignage du groupe indo-éranien, l'indo-européen devait posséder quatre, peut-être cinq[1], désinences en **-bh...*, à savoir : 1° **-bhis*, désinence de l'instrumental pluriel des noms et des pronoms personnels; 2° **-bhiĕs*, **-bhiŏs*[2], désinence du datif-ablatif pluriel des noms; 3° **-bhiōm* (toutefois la nuance vocalique est douteuse), désinence de l'instrumental-datif-ablatif duel des noms ainsi que des pronoms personnels; 4° enfin, **-bhiĕm* ou peut-être plutôt **-bhiŏm* (**-hiŏm*? au sing. de la 1ʳᵉ pers.), désinence du datif singulier et pluriel des pronoms personnels.

D'autre part, le latin nous présente également quatre désinences : 1° *-būs*[3] à l'instrumental-datif-ablatif pluriel des noms de toutes déclinaisons, sauf la 2°; 2° *-bŭs* à l'instrumental-datif-ablatif des deux seuls duels conservés par la langue latine; 3° *-bī* au dat. sg. des pronoms personnels (1ʳᵉ pers. *-hī*); 4° *-bīs* à l'instrumental-datif-ablatif pluriel des mêmes pronoms. La confusion de l'instrumental avec le datif-ablatif, qui s'est opérée partout en latin, me paraît la clef des modifications profondes qu'accusent toutes les formes latines.

Commençons par *aui-bus*. L'instrumental régulier d'un thème *aui-* était naturellement **aui-bis*; le datif-ablatif de ce thème était **aui-biŏs* : ces deux cas se sont fondus en un seul au point de vue fonctionnel; et de même les deux formes qui y étaient respectivement affectées ont conflué en un type de transaction **aui-bŏs*, d'où *aui-būs*. Rien que de fort simple. Si la désinence *-bo* était

---

[1] Je néglige celle de l'instrum. sg. **-bhi* (**-bhim*), qui me paraît fort douteuse et qui d'ailleurs n'a d'intérêt que pour le grec.

[2] Je pense avec M. Havet (*Mém. de la Soc. de ling.*, V, p. 445) que toute finale indo-européenne en *es* avait un doublet syntactique en *os*.

[3] Personne, je crois, ne songe plus à soutenir, sur la foi de quelques scansions, la quantité primitive **auibūs* ou **legimūs*.

prouvée pour le gaulois, on en serait quitte pour reporter le phénomène à la période italo-celtique, ce qui n'offrirait pas plus de difficulté.

J'ai dit que la désinence de *duŏ-bŭs* était une désinence de duel. Si en effet elle ne relevait de **duōbhiōm* = skr. *dvắbhyām*, on ne s'expliquerait pas pourquoi elle se serait conservée dans la flexion de *duŏ* et *ambō* seulement, plutôt que dans tel autre type de 2ᵉ déclinaison, pourquoi l'instrumental-datif-ablatif pluriel de *equŏ-* ne serait pas **equŏ-bŭs* ou **equō-bŭs* = { *áçvē-bhis* [1] / *áçve-bhyas*. } C'est le cas en **-bhis* métissé de **-bhiŏs* qui a disparu dans cette déclinaison : le cas en **-bhiōm* est demeuré ; seulement, comme il avait disparu partout ailleurs que dans *duŏ* et *ambō* parce que le duel des noms était tombé en désuétude, il est arrivé un moment où des locutions telles que **duōbiōm auibis* (instrum.) et **duōbiōm auibiŏs* (dat.-ablat.) ont paru bizarres. A la faveur de leur ressemblance partielle, la désinence du numéral et celle du substantif ont tendu à s'identifier, et il en est résulté, soit les deux types **duōbis* et **duōbiŏs*, plus tard confondus, soit plus simplement le type unique **duōbŏs* modelé sur **auibŏs*, si ce procès analogique est postérieur au précédent.

Quant à la désinence *-bĭ*, c'est évidemment en vain qu'on voudrait la tirer de **bhiŏm*; l'initiale subsiste, mais la finale est complètement défigurée. Tout porte à croire que le latin avait gardé des datifs **mihiŏm*, **tibiŏm*, **sibiŏm* [2], mais que ces formes, dont l'étrangeté pouvait à bon droit surprendre, ont été influencées par l'analogie des désinences de datifs nominaux, *Iouī*, *patrī*, dont elles se sont purement et simplement adapté la finale. L'assimilation doit remonter à la période italique, si l'on en juge par la coïncidence parfaite des datifs dans les trois dialectes connus, ombr. *tefe* comme *patre*, osq. *sifei* comme *paterei* [3].

Comme *nō-* et *uō-* peuvent être à volonté considérés comme thèmes de duel ou de pluriel, on peut, pour expliquer *nōbīs*, partir de **nōbiōm* ou de **nōbiŏm*; mais restituer un **nosbiĕs* avec contraction de *iĕ* en *ī* [4], c'est forger pour les besoins de la cause

---

[1] La diphthongaison de la finale du thème, en la supposant même primitive dans *áçveṣu* = ἵπποισι, est à coup sûr hystérogène (probablement analogique) dans *áçvebhis* = *ἵπποϕι.

[2] Ou **tibiŏ* à cause du védique *tubhya* (Stolz, *Latein. Gramm.*, Nördlingen, 1885, p. 215), mais difficilement **tibiĕ* contracte en *tibī* (*ibid.*); car il semble bien qu'un type **tébhie* à finale atone eût dû se contracter proethniquement en **tebhī*.

[3] Est-il vrai que *mī* équivaille à μοί et ne soit pas une contraction de *mihi*, comme *nīl* une contraction de *nihil* (Stolz, *ibid.*) ? Mais alors pourquoi n'aurait-on pas aussi **tī* et **sī* ?

[4] Stolz, *Latein. Gramm.*, p. 216.

une forme proethnique absolument imaginaire. Quel que soit le point de départ choisi, on voit que, comme *tibiŏm patrī* a donné par assimilation *tibĭ patrĭ*, ainsi *nōbiŏm* (*nōbiŏm*) *filiĭs* a pu aisément s'unifier en *nōbĭs filiĭs*. Mais il y a peut-être un chemin plus court : *nōbĭs*, ne l'oublions pas, est instrumental au même titre que datif-ablatif, et l'instrumental régulier serait *nōbĭs*, forme à peine différente. En passant au sens de datif, cet instrumental aurait modelé sa finale sur celle de *filiĭs*.

Ainsi se concilient, sans trop d'effort, ce me semble, le sanskrit et le latin. En matière aussi obscure, aucune théorie ne peut se dispenser de faire une large place à l'hypothèse.

www.ingramcontent.com/pod-product-compliance
Ingram Content Group UK Ltd.
Pitfield, Milton Keynes, MK11 3LW, UK
UKHW020206080726
13614UKWH00006B/2657